WILLIAM IRISH

Une incroyable histoire

Traduit de l'anglais
par Maurice-Bernard Endrèbe

Illustration de Jacques Ferrandez

SYROS

Titre original : *Fire escape*.

ISBN : 978-2-7485-0574-0

© UGE Poche (collection 10/18)
© Éditions La Découverte et Syros, 1998
© Syros, 2004, 2007, 2009
© 2014, Éditions SYROS, Sejer
25, avenue Pierre-de-Coubertin, 75013 Paris

1

L'enfant avait douze ans et se nommait Buddy. Son véritable nom était Charlie, mais on l'appelait Buddy. Il était petit pour son âge et la vie qu'il menait était petite aussi. Ou plutôt, une de ses vies l'était, car il vivait dans deux mondes à la fois.

L'un d'eux était petit, terne, confiné, limité à deux pièces sordides à l'arrière d'un immeuble de six étages, au 20, Holt Street. Étouffantes en été, on y gelait en hiver. Deux grandes personnes seulement habitaient ce monde, M'man et P'pa. Plus une poignée de gosses comme lui, qu'il connaissait de l'école ou pour jouer avec eux sur le trottoir.

Son autre monde n'avait ni frontières ni limites. On pouvait y faire ce qu'on voulait, aller n'importe où. Il vous suffisait pour cela de rester assis, bien tranquillement, et de penser, pour inventer à mesure. Le monde de l'imagination. Buddy y faisait beaucoup de choses, mais il apprenait à les garder secrètes, car on lui disait qu'il était trop grand maintenant pour ça, et on lui flanquait des taloches en le traitant de menteur. La dernière fois qu'il avait essayé d'aborder ce sujet, P'pa l'avait menacé :

– Le prochain coup que tu me racontes des mensonges, je te flanque une tannée pour t'ôter l'envie de recommencer !

– Ça vient des films qu'il va voir le dimanche, déclara M'man. Je lui ai dit que je ne voulais plus qu'il y aille.

Et puis, ç'avait été cette nuit... On avait l'impression qu'elle était faite de goudron fondu qui vous dégoulinait dessus. En ce mois de juillet, il faisait chaud partout, mais dans Holt Street, c'était vraiment l'enfer. Buddy essayait en vain de trouver le sommeil ; les draps étaient moites et collaient à son corps. P'pa n'était pas à la maison, car il travaillait la nuit. Les deux chambres ressemblaient à un four dont tous les brûleurs auraient été allumés. Finalement, Buddy prit son oreiller et, enjambant le rebord de la fenêtre, sortit sur l'escalier d'incendie, pour voir si l'on y respirait mieux. Il avait déjà fait ça des quantités de fois. On ne pouvait pas tomber, puisqu'il y avait une balustrade au petit palier...

Enfin, si, on aurait pu tomber avec de la malchance, mais ça n'était encore jamais arrivé. Buddy passait son bras autour d'un des barreaux de la rampe métallique, et ça l'empêchait de rouler dans son sommeil.

Mais c'était peine perdue, on n'était pas mieux dehors que dedans. C'était toujours un four, sauf que dans celui-ci on venait peut-être d'éteindre les brûleurs. Buddy se dit qu'il lui fallait monter plus haut. Il y avait parfois une faible brise qui passait au ras des toits. L'enfant reprit son oreiller et gravit les marches de fer jusqu'à l'étage du dessus, le sixième.

La différence n'était guère sensible, mais, comme c'était là le dernier étage, fallait bien se contenter de ça, Buddy avait appris par expérience qu'on ne pouvait pas dormir sur le toit en terrasse, parce qu'il était couvert de graviers qui vous faisaient mal, avec, au-dessous, une couche de goudron que la chaleur rendait mou et collant.

L'enfant se tortilla un peu sur les dures lames de fer qui étaient espacées, si bien qu'on avait l'impression d'être étendu sur un gril. Finalement, il s'endormit, comme on peut le faire à douze ans, même sur un escalier d'incendie.

Le matin parut survenir une minute plus tard. La clarté agaça les paupières de Buddy qui ouvrit les yeux. Il vit alors que cette clarté ne provenait pas du ciel, toujours noir, mais du bas d'une fenêtre, au ras du palier, juste au niveau de ses yeux. S'il avait été debout, au lieu d'être étendu à plat, ce rayon de lumière aurait seulement éclairé ses pieds. Le reste de la fenêtre était masqué par un store opaque, qui ne s'était peut-être pas déroulé complètement. Mais ce petit espace suffisait à Buddy pour qu'il pût voir tout l'intérieur de la pièce.

9

Deux personnes s'y trouvaient, un homme et une femme. L'enfant aurait refermé les yeux pour retrouver le sommeil – les grandes personnes, ça ne l'intéressait pas –, si ces gens-là ne s'étaient comportés de façon bizarre. Cela piqua sa curiosité et l'incita à regarder plus longtemps.

L'homme était endormi sur une chaise, près de la table. Il avait dû trop boire ou quelque chose... En tout cas, une bouteille et deux verres se trouvaient devant lui. Sa tête reposait sur la table et il avait une main contre ses yeux, comme pour les pro-téger de la lumière.

La femme se déplaçait sur la pointe des pieds, en s'efforçant visiblement de ne faire aucun bruit. Elle tenait à la main un veston, qu'elle venait sans doute de prendre au dossier de la chaise, où l'homme l'avait suspendu avant de s'endormir. Elle avait beaucoup de rouge et de blanc sur la figure, mais Buddy ne la trouva pas jolie pour autant. Quand elle eut fini de contourner la table, elle s'arrêta et se mit à fouiller les poches du veston, l'une après l'autre. Elle tournait le dos à l'homme en faisant cela, mais Buddy la voyait de côté.

L'attitude furtive de la femme fut la première chose qui retint son attention, puis il vit les doigts de l'homme, ceux de la main qui était devant ses yeux, s'écarter légèrement...

Quand la femme tourna la tête, pour s'assurer qu'il continuait à dormir, les doigts se refermèrent, juste à temps. Rassurée, elle poursuivit son manège. Finalement, sa main ramena un gros rouleau de billets de banque. Alors, rejetant le veston de côté, elle baissa la tête et se mit à les compter. Ses yeux brillaient et, de temps à autre, Buddy la voyait passer sa langue sur ses lèvres.

Brusquement, l'enfant retint sa respiration. Le bras de l'homme s'était mis à ramper doucement sur la table, en direction de la femme. On aurait dit un gros serpent se rapprochant lentement de sa proie. Puis, quand le bras eut atteint le bout de la table, l'homme se leva progressivement de sur la chaise, se penchant en avant. Il souriait, mais ça n'était pas un bon sourire. Et la femme n'avait toujours conscience de rien.

Le cœur de Buddy se mit à battre à grands coups dans sa poitrine et il pensa : « Retournez-vous, m'dame, retournez-vous vite ! » Mais elle n'en fit rien, trop occupée à compter l'argent.

Alors, d'un seul coup, l'homme bondit et empoigna la femme, culbutant la chaise et manquant renverser la table. Sa grande main, celle qui avait rampé sur la table, avait saisi la femme à la nuque et secouait, secouait... L'autre s'était refermée sur le poignet de la main qui tenait l'argent. La femme avait essayé de faire disparaître les billets dans l'échancrure de sa robe, mais elle n'avait pas été assez prompte. Maintenant, l'homme lui tordait lentement le poignet pour lui faire lâcher les billets.

Elle poussa un drôle de petit cri, comme une souris, mais pas très fort ; du moins ne sembla-t-il pas très fort à Buddy, de l'autre côté de la fenêtre.

– Tu vas les lâcher ! entendit-il l'homme dire d'une voix rauque. Je me doutais bien que tu manigançais un coup comme ça. Seulement, moi, faut se lever de bonne heure pour m'avoir !

– Lâche-moi ! haleta la femme. Lâche-moi, que j'te dis !

Mais il continuait à la secouer en menaçant :

– Quand j'en aurai fini avec toi, t'auras plus envie de recommencer, tu peux me croire !

Soudain, elle appela :

– Joe ! Viens vite ici ! J'peux plus y arriver seule !

13

Mais elle ne cria pas vraiment fort, comme si elle ne voulait pas que sa voix porte trop loin.

La porte du fond s'ouvrit en grand, livrant passage à un autre homme. Il devait attendre de l'autre côté que tout fût terminé, mais prêt à intervenir promptement. Il courut derrière l'homme que la femme avait volé et celle-ci s'arrangea pour que sa victime ne pût se retourner. L'arrivant attendit que la tête de l'autre fût dans la position favorable, puis rapprochant ses deux poings serrés, il les abattit de toutes ses forces sur la nuque offerte.

L'autre homme s'effondra comme une masse.

Alors, la femme se mit à ramasser les billets qui s'étaient éparpillés sur le sol et elle les tendit à son complice en disant:

– Tiens!

– Dépêche-toi, foutons le camp d'ici! lança-t-il d'un ton hargneux. Qu'est-ce qui t'a pris de bousiller tout comme ça ? Tu pouvais pas lui mettre quelque chose dans son verre, non ?

– Je l'ai fait ! Mais il avait dû me voir et se méfier...

– Bon, bon, viens ! dit-il en se dirigeant vers la porte. Quand il va revenir à lui, il nous flanquera les flics aux fesses !

Soudain, l'homme qui avait feint d'être sans connaissance sur le plancher passa un bras autour des jambes de son agresseur, les tirant en arrière. Joe perdit l'équilibre et s'étala de tout son long. L'autre homme lui bondit dessus aussi vite qu'il le put, et la bagarre recommença.

L'homme qu'ils avaient voulu voler était le plus fort des deux. Il assenait de grands coups sur la tête de celui qu'il emprisonnait sous lui. Même Buddy se rendait compte que l'autre était à bout de résistance : ses bras mollissaient, et ses poings se desserraient.

15

Mais la femme, affolée, courait dans la pièce, cherchant un moyen de modifier l'issue du combat. Soudain, elle ouvrit vivement un tiroir d'une commode et y prit quelque chose qui étincela à la clarté de la lampe. Elle fit si vite pour aller déposer l'objet dans la main ouverte de son complice, que Buddy n'eut pas le temps de voir ce que c'était.

Mais quand l'homme, l'instant d'après, le brandit au-dessus de son vainqueur, Buddy, les yeux exorbités, vit que c'était un petit couteau pointu.

La main s'abattit et la lame disparut jusqu'à la garde dans le dos de l'autre homme.

La lutte cessa sur-le-champ, mais Joe, retirant le couteau d'une torsion de bras, l'enfonça encore dans le dos de sa victime. L'autre homme ne bougeait plus, paraissant simplement frémir sous le coup.

Joe ne se déclara pas encore satisfait et, retirant de nouveau le couteau avec peine, il en porta un troisième coup. Après quoi, ils restèrent immobiles, l'un cherchant à retrouver sa respiration, l'autre l'ayant à jamais perdue.

Finalement, Joe fit rouler l'autre homme de côté et se releva, en se tâtant le menton. Puis la femme et lui regardèrent le corps inerte :

– Il est mort ? demanda-t-elle d'une voix effrayée.

– Attends, j'vais voir...

Il s'agenouilla, passa une main sous la poitrine de l'autre homme, du côté du cœur. Puis il retira sa main, retira aussi le couteau qui était demeuré fiché dans le dos, et se releva.

Il regarda la femme, en hochant la tête.

– Oh ! nous l'avons tué ! dit-elle d'un air horrifié. Joe, qu'allons-nous faire ?

17

Elle ne parlait pas bien fort, mais tout était si calme maintenant dans la pièce, que Buddy ne perdait pas un mot de ce qu'ils disaient.

L'homme la saisit par le bras :

– Du calme, t'entends ? Y a des tas de gens qui sont assassinés, sans qu'on sache jamais qui a fait le coup. Y suffit de pas perdre la tête et on s'en sortira sans casse.

Il continua à la tenir par le bras, jusqu'à ce qu'elle eût repris le contrôle de ses nerfs, puis la lâcha pour regarder autour de lui :

– Donne-moi vite des journaux. Faut pas que ça coule sur le plancher.

Elle s'exécuta et il bourra les journaux sous le corps, des deux côtés, puis il dit :

– Va voir à la porte, si des fois quelqu'un nous aurait entendus. Ouvre-la tout doucement et regarde.

La femme s'approcha de la porte, l'entrouvrit prudemment et colla son œil à la fente. Puis elle écarta davantage le battant et passa la tête dans l'entrebâillement, la tournant à droite, à gauche. Alors, elle rentra la tête, referma doucement la porte, et revint vers l'homme.

– Personne ! dit-elle à mi-voix.

– Bon, maintenant va voir à la fenêtre, si tout est OK de ce côté-là aussi. Ne lève pas le store, glisse juste un coup d'œil de côté.

Elle se dirigea vers la fenêtre, paraissant enfler à chaque pas. Sa tête disparut hors du rayon visuel de Buddy, puis son corps éclipsa toute la pièce aux yeux de l'enfant qui, comme paralysé, ne pouvait plus bouger. La fente, au bas de la fenêtre, était trop étroite pour que la femme pût le voir, mais Buddy se rendit compte que, dans un instant, regardant par le côté du store, elle l'apercevrait.

Comme il avait été jusqu'alors couché sur le côté, l'enfant n'eut qu'un quart de tour à opérer pour s'étendre à plat ventre. Une vieille couverture était suspendue à la balustrade ; il l'agrippa et la fit tomber sur lui en souhaitant qu'elle le recouvrît entièrement, mais il n'avait pas le temps de s'en assurer. Il se fit tout petit, en priant le ciel que rien ne dépassât. L'instant d'après, même avec la tête sous la couverture, il eut conscience d'un rayon de lumière qui tombait obliquement sur lui. La femme avait écarté légèrement le store et regardait au-dehors.

– Y a quelque chose de blanc par terre, l'entendit dire Buddy et, malgré la chaleur étouffante, il se sentit glacé. Il se retint même de respirer, par crainte que son souffle ne fît frémir la couverture.

– Oh ! oui, je sais, ajouta-t-elle aussitôt avec une intonation qui trahissait le soulagement, c'est la couverture que j'ai laissée dehors hier. Elle a dû tomber. Bon sang, si j'ai pas cru que quelqu'un était étendu là !

– Allez, reste pas toute la nuit à regarder ! la rabroua l'homme.

Le rayon lumineux s'effaça et Buddy sut qu'elle avait laissé retomber le store. Il fut bien encore une minute sans oser bouger, puis il sortit sa tête de sous la couverture et regarda de nouveau. Mais la femme avait dû tirer sur le store, car, à présent, même la fente du bas avait disparu. Si Buddy ne voyait plus rien, il pouvait encore entendre, mais il en avait perdu l'envie.

Il ne souhaitait plus qu'une chose : s'en aller vite de là ! Toutefois, il se rendait compte que, s'il pouvait entendre les autres, la réciproque était vraie. Il lui fallait donc faire doucement. L'escalier d'incendie était vieux et branlant, susceptible de grincer. Buddy se mit à étendre ses jambes jusqu'à ce que le bout de ses pieds touchât la première marche. Puis il se laissa glisser doucement sur le ventre, se retenant par la paume des mains. Mais, pendant ce temps, il ne cessait pas d'entendre les deux autres.

– Voilà ses papiers, disait l'homme. Cliff Bristol, matelot de la marine marchande. Au poil ! Ces types-là, ça disparaît facilement, sans qu'on se pose trop de questions à leur sujet. Ce qu'il faut, c'est bien vider toutes ses poches, pour qu'on ne puisse pas savoir qui c'est.

La femme avait la voix brouillée, comme si elle pleurait :

– Oh ! qu'est-ce que ça fait, son nom... On l'a tué, c'est tout ce qui compte. Viens, Joe, pour l'amour du ciel, allons-nous en d'ici !

– Nous n'avons plus besoin de partir maintenant, lui rétorqua-t-il. Il nous suffira de l'emmener d'ici. Personne ne l'a vu arriver avec toi et personne ne sait ce qui s'est passé. Si nous foutons le camp maintenant en le laissant ici, nous aurons tous les flics à nos trousses. Tandis que si nous restons peinards, comme si de rien n'était, personne ne pourra se douter de quoi que ce soit.

– Mais comment feras-tu pour l'emmener ?

– Je vais te montrer. Apporte tes deux valises et ôte ce qu'il y a dedans.

Le corps de Buddy était maintenant entièrement plaqué contre les marches métalliques, mais son menton reposait encore au bord du palier.

– Tu pourras pas le faire rentrer dans une valise, grand comme il est ! protesta la femme.

– Laisse-moi faire et tu verras, répondit l'autre avec assurance. Va me chercher mon rasoir.

Le menton de Buddy pesa sur la traverse de fer et il crut vomir. L'escalier grinça légèrement, mais cela fut couvert par un gémissement de la femme.

– T'es pas obligée de regarder, dit l'homme. T'as qu'à aller attendre devant la porte, mais si t'entends quelqu'un monter, rentre.

La bouche amère, Buddy reprit sa descente.

– Avant de sortir, donne-moi tout ce qu'il reste de journaux. Et passe-moi aussi cette couverture que t'as dehors. Je m'en servirai pour mettre au fond.

Buddy se laissa alors glisser sur l'arête des marches et ses pieds reprirent contact avec le palier du dessous, devant sa fenêtre. Il était sauvé !

Mais il se rendit compte que la couverture était demeurée accrochée à lui et qu'il l'avait entraînée dans l'escalier, sans s'en apercevoir.

Il s'en dégagea vivement, mais n'ayant pas le temps de faire mieux, il se faufila à l'intérieur de sa chambre, en la laissant au-dehors. L'instant d'après, un rayon de clarté coula entre les marches de l'escalier d'incendie et Buddy entendit ouvrir la fenêtre du dessus, puis la femme chuchota avec effroi :

– Elle est tombée ! Je la vois, elle est au-dessous... Y a une minute, elle était là et, maintenant, elle est en bas !

L'homme dut lui dire d'aller la chercher et éteindre dans la chambre pour qu'elle pût descendre sans être vue, car la clarté disparut.

Buddy entendit le cadre de la fenêtre qu'on remontait à fond, puis un pas furtif sur les marches de fer.

Étant assez mince pour pouvoir le faire, Buddy se plaqua contre le mur, sous le rebord de sa fenêtre. Il perçut le frôlement de la couverture qu'on ramassait et la voix de la femme qui chuchotait en regagnant le palier supérieur :

– C'est drôle, y a pas un souffle d'air... Comment a-t-elle pu tomber ?

Puis la fenêtre se referma et ce fut tout.

Buddy ne se leva pas pour gagner son lit. Il n'en avait plus la force ; il rampa sur ses mains et ses genoux. Après, il tira le drap par-dessus sa tête et pour aussi chaude que la nuit ait pu lui paraître un quart d'heure plus tôt, il eut la chair de poule et se mit à grelotter comme au milieu de décembre.

Et, de temps à autre, malgré le drap, il entendait marcher au-dessus de sa tête. Alors, il imaginait ce qui pouvait se passer là-haut et il se reprenait à trembler de tout son corps.

Longtemps après, tout se calma enfin. Il n'y eut plus de craquement au plafond.

Enfoui dans ses draps trempés de sueur, Buddy entendit une porte s'ouvrir et quel-qu'un descendre doucement l'escalier de l'immeuble, passer devant sa porte, conti-nuer à descendre. Quelque chose racla le mur, comme si cette personne portait une valise, et Buddy se mit à claquer des dents.

2

L'enfant ne dormit pas de la nuit. Plusieurs heures après, alors que le jour venait de se lever, il entendit quelqu'un remonter au sixième, mais, cette fois, rien ne racla le mur. Une porte se referma au-dessus de sa tête et il n'y eut plus aucun bruit.

Un moment plus tard, sa mère se leva dans la pièce voisine et se mit à préparer le petit déjeuner, après l'avoir appelé. Il s'habilla et la rejoignit d'un pas traînant.

– T'as pas l'air bien, Buddy, remarqua-t-elle. T'es malade ?

Il ne voulait pas se confier à elle, mais à son père. Celui-ci rentra de son travail, quelques minutes plus tard, et ils s'assirent tous autour de la table, comme ils le faisaient chaque matin. Buddy attendit que sa mère fût sortie de la pièce, puis il chuchota :

– P'pa, j'voudrais te dire quelque chose...

– Vas-y, mon gars, sourit le père.

– P'pa, y a un homme et une femme qu'habitent au-dessus de nous...

– Sûr, je le sais ! fit le père en se servant de lard frit. C'est pas nouveau. Je les ai déjà rencontrés dans l'escalier. Ils s'appellent Scanlon ou Hanlon, quelque chose comme ça.

Buddy rapprocha davantage sa chaise et se pencha vers l'oreille de son père :

– Mais, p'pa, haleta-t-il, cette nuit, ils ont tué un homme là-haut ! Ils ont coupé son corps en morceaux et ils l'ont fourré dans deux valises !

Le père s'arrêta de manger, puis posa couteau et fourchette. Il se tourna sur sa chaise, le regard dur, et, l'espace d'un instant, Buddy pensa qu'il se sentait aussi horrifié que lui, la nuit précédente. Puis il comprit que son père était seulement en colère, en colère après lui :

– Mary, viens ici ! appela-t-il.

La mère de Buddy apparut dans l'encadrement de la porte et les regarda d'un air interrogateur.

– Il recommence ! dit le père. Je croyais pourtant t'avoir dit de ne pas le laisser retourner au ciné.

– Il invente encore des choses ? demanda-t-elle, soudain soucieuse.

– Je n'ai pas inventé... voulut protester Buddy.

29

– Je ne veux même pas te répéter les horreurs qu'il vient de me dire, ça te glacerait le sang ! déclara le père en giflant son fils d'un revers de main. Et tais-toi, hein ? S'il y a des gens qui me dégoûtent, c'est bien les menteurs !

– Qu'a-t-il dit ? demanda la mère, inquiète.

– C'est pas des choses à répéter, assura le père avec indignation, mais il le fit néanmoins : il dit que les gens au-dessus de nous ont tué quelqu'un et qu'ils l'ont coupé en morceaux pour le fourrer dans deux valises !

La mère porta un coin de son tablier à ses lèvres, en un geste horrifié :

– Les Kellerman ? Oh ! Buddy, quand cesseras-tu donc d'inventer des choses ? Ce seraient les dernières personnes au monde... Elle a même l'air d'être très gentille. L'autre jour, elle est venue m'emprunter une tasse de sucre et elle a toujours un sourire ou un mot aimable quand nous nous rencontrons dans l'escalier. Comment as-tu pu imaginer des choses pareilles à propos de gens comme eux...!

– Ah! ça nous en promet pour plus tard! dit le père d'un air sombre. Ce garçon a certainement quelque chose de détraqué. Et il faut que ça soit mon fils! Je ne sais pas de qui il peut tenir. Pas de moi, ni de toi, en tout cas! Mais je lui ferai passer le goût de raconter des mensonges, même si c'est la dernière chose que je doive faire en ce monde!

Il retroussa ses manches de chemise et recula sa chaise pour se lever:

– Viens à côté, avec moi.

Au moment de franchir la porte, il voulut donner une dernière chance à son fils:

– Reconnais-tu avoir menti?

– Mais je les ai *vus*! Je regardais par la fenêtre et je les ai *vus*! gémit désespérément Buddy.

Le père serra les dents:

– Très bien, entre ! dit-il et il referma la porte derrière eux.

Ça ne fit pas très mal. Ou peut-être pendant une minute, mais pas plus. Son père n'était pas méchant ; c'était seulement un homme ayant un sens précis de ce qui était bien et de ce qui ne l'était pas. Il corrigeait son fils sans y mettre trop de force, juste assez pour le faire hurler de façon satisfaisante, sans lui faire vraiment mal.

Quand il eut fini, il rabattit ses manches en disant à Buddy, tout reniflant :

– Et maintenant, vas-tu continuer à inventer des histoires ?

Il tendait la perche et Buddy comprit qu'il fallait la saisir :

– Non, p'pa, répondit-il d'un ton soumis. Je n'inventerai plus d'histoires.

Mais comme l'enfant se dirigeait vers la porte, le père ajouta, trop vite :

– Alors, tu es prêt à reconnaître que ce que tu m'as raconté tout à l'heure n'était pas vrai ?

Buddy avala péniblement sa salive et demeura immobile, sans répondre, la liberté à portée de la main.

– Réponds ! dit le père sévèrement. Oui ou non ?

C'était un dilemme et Buddy ne savait comment s'en sortir. Il avait été corrigé pour avoir dit ce que ses parents croyaient être un mensonge. Maintenant, ils voulaient justement le faire mentir. Car, s'il disait la vérité, ses parents tiendraient ça pour un mensonge et, s'il mentait pour échapper au châtiment, il recommencerait justement ce qu'il avait promis de ne plus faire. Il essaya de s'en tirer en posant lui-même une question :

– Quand on... quand on voit quelque chose, quand on le voit de ses yeux... est-ce que c'est vrai ? balbutia-t-il.

– Bien sûr ! répondit son père avec impatience. Tu es assez grand maintenant pour le savoir ! Tu n'as plus deux ans !

– Alors, puisque je l'ai vu, c'est que c'est vrai.

Cette fois, le père se mit vraiment en colère. Il empoigna Buddy par le col de sa chemise et, l'espace d'un instant, on put croire qu'il allait lui administrer une nouvelle correction. Mais il n'en fit rien et se contenta de retirer la clef de la serrure, pour la faire passer de l'autre côté :

– Tu resteras enfermé dans ta chambre jusqu'à ce que tu sois prêt à reconnaître que toute cette histoire n'est qu'un mensonge, un mensonge dégoûtant ! dit-il avec courroux.

Et il sortit en enfermant son fils. Il retira la clef de la serrure, pour que sa femme ne se laissât point aller à faiblir pendant qu'il dormirait.

3

Buddy alla tristement s'asseoir sur une chaise et, la tête entre les mains, essaya de comprendre. Il était puni pour n'avoir pas voulu faire ce que justement ses parents lui défendaient de faire !

Il entendit son père se déchausser, puis gémir les ressorts du sommier. Après ça, plus rien. Son père dormirait jusqu'au soir maintenant, mais peut-être sa mère viendrait-elle le délivrer avant de partir à son travail.

Buddy s'approcha de la porte et se mit à tourner la poignée dans tous les sens, pour essayer d'attirer l'attention de sa mère tout en faisant le moins de bruit possible :

— M'man ! chuchota-t-il dans le trou de la serrure. Hé, m'man !

Après un moment, il l'entendit s'approcher sur la pointe des pieds.

— M'man, t'es là ? Laisse-moi sortir, dis...

— C'est pour ton bien, Buddy, chuchota-t-elle en retour. Je ne peux pas t'ouvrir, tant que tu ne seras pas revenu sur cet affreux mensonge. Ton père me l'a défendu.

Elle attendit patiemment :

— Tu retires ce que tu as dit, Buddy ?

— Non, soupira-t-il.

Le cœur serré, l'enfant retourna s'asseoir sur sa chaise.

Que faire, quand même vos parents ne vous croient pas ? Vers qui se tourner ? Une chose pareille, il faut pourtant bien la dire à quelqu'un ! Sans cela, on agit aussi mal que... que les gens d'en haut. Buddy n'était plus aussi terrifié que la nuit précédente, parce que, maintenant, c'était le jour, mais il continuait à éprouver une crispation au creux de l'estomac chaque fois qu'il repensait à ça. Il lui fallait absolument le dire à quelqu'un.

Soudain, il tourna la tête du côté de la fenêtre. Comment n'y avait-il pas songé plus tôt ? Sans doute parce qu'il n'avait d'abord eu d'autre idée en tête que convaincre ses parents de la véracité de ses dires. Mais, puisqu'on ne le croyait pas chez lui, il irait ailleurs, où peut-être on le croirait !

C'était ce que faisaient les grandes personnes quand elles se trouvaient dans son cas, alors pourquoi n'agirait-il pas comme elles ? La police. Voilà à qui il devait aller raconter ce qu'il avait vu. C'est à la police qu'on doit s'adresser pour des choses comme ça. Et, s'il l'avait cru, son père lui-même ne serait pas allé ailleurs. Puisque son père n'avait pas voulu le faire, c'est lui qui irait les mettre au courant.

Buddy se leva et fit glisser sans bruit le cadre inférieur de la fenêtre. Puis il passa sur l'escalier d'incendie, ce qui ne présentait aucune difficulté. À son âge, c'était aussi facile que de sortir par la porte. Une fois dehors, il referma la fenêtre, mais pas complètement, afin de pouvoir la rouvrir quand il reviendrait.

Il raconterait tout à la police, puis il regagnerait sa chambre pour que son père le trouve lorsqu'il se réveillerait. Ainsi, sa conscience serait soulagée et il n'aurait plus de souci à se faire.

Buddy descendit l'escalier d'incendie et, parvenu à la portion constituée par une échelle coulissante, il se suspendit par les mains et se laissa tomber sur le sol pour n'avoir pas à la manœuvrer. Après quoi, il traversa le rez-de-chaussée et ressortit dans la rue sans avoir rencontré âme qui vive. Il s'éloigna vivement de la maison afin de ne pas courir le risque d'être aperçu par des gens qui le connaissaient et, par la suite, pourraient incidemment raconter la chose à ses parents. Dès qu'il eut tourné le coin de la rue, il se sentit en sécurité et ralentit le pas en réfléchissant à ce qu'il fallait faire.

Pour une affaire aussi grave, mieux valait aller directement au commissariat, plutôt que de s'adresser à un agent dans la rue. Les commissariats inspiraient bien quelque crainte à Buddy mais, enfin, du moment qu'on n'a rien fait de mal, on doit pouvoir s'y aventurer sans risque.

L'enfant ignorait au juste où, mais il savait qu'un commissariat devait se trouver dans les parages. Voyant un épicier qui balayait devant sa boutique, il rassembla tout son courage pour lui demander :

– Où est le commissariat, m'sieur, s'il vous plaît ?

– Est-ce que je sais ? répondit l'homme, bourru. Je ne suis pas un annuaire téléphonique ! Allez, ôte tes pieds de là, tu vois bien que je balaie.

Buddy s'éloigna sans insister, mais l'épicier lui avait donné une idée. Il alla jusqu'à la poste et feuilleta l'annuaire qui était enchaîné au mur. Il repéra l'adresse d'un commissariat voisin et s'y rendit. À mesure qu'il s'en rapprochait, la peur que ce genre d'endroit inspire aux gamins de six à huit ans, dont les « flics » sont les ennemis naturels, s'emparait de nouveau de lui. Il rôda un moment aux alentours et ce fut seulement lorsqu'il vit le chat du poste y entrer, qu'il trouva assez de courage pour en faire autant.

L'homme qui était assis derrière le comptoir fut un long moment avant de lui accorder la moindre attention, examinant différents papiers. Buddy resta planté là à attendre, n'osant parler le premier.

Finalement, l'autre lui demanda gentiment :

– Qu'est-ce que c'est, petit ? Tu as perdu ton chien ?

– Non, m'sieur, dit Buddy, la gorge contractée. Mais je... je voudrais vous dire quelque chose.

Le sergent sourit d'un air absent, en continuant à examiner ses papiers :

– Oui ? Et qu'est-ce que c'est ?

Buddy regarda avec appréhension du côté de la rue, comme s'il avait peur qu'on pût l'y entendre.

– C'est... c'est très sérieux. C'est au sujet d'un homme qui a été tué.

41

Cette fois, le sergent lui accorda toute son attention :

– Tu sais quelque chose à propos d'un homme qui a été tué ?

– Oui, m'sieur, haleta Buddy. Cette nuit. Et j'ai pensé qu'il valait mieux venir vous avertir.

Il se demanda s'il en avait dit assez et s'il pouvait s'en aller après ça. Non, bien sûr, il fallait qu'il leur donne le nom et l'adresse. Ils ne pouvaient pas deviner où c'était.

Le sergent se frotta le menton :

– Tu ne chercherais pas à te rendre inté-ressant, par hasard ?

Mais il lui suffit de regarder le visage de Buddy pour être rassuré sur ce point.

– Non, m'sieur ! affirma l'enfant avec chaleur.

– Bon, alors, je vais te dire. Ça n'est pas exactement mon rayon. Tu vois ce couloir là-bas, à côté de la pendule ? Tu vas le prendre et tu iras frapper à la seconde porte que tu verras sur ton chemin. Il y a un homme qui est là et tu lui raconteras tout. Mais n'ouvre surtout pas la première porte, car c'est celle d'un ogre qui mange des enfants comme toi pour son petit déjeuner !

Buddy alla jusqu'à l'entrée du couloir et se retourna pour être bien sûr de ne pas se tromper.

– La deuxième porte, lui confirma le sergent.

Buddy continua donc d'avancer, mais fit un grand crochet devant la première porte, se plaquant contre le mur opposé afin de ne courir aucun risque inutile. Puis il frappa à la seconde porte et se sentit dans le même état d'esprit que lorsqu'il se présentait au bureau du principal de son collège. À la vérité : plus effrayé encore.

– ...'trez ! cria une voix.

Buddy se sentit incapable de bouger.

– Eh bien ? cria de nouveau la voix avec un soupçon d'impatience.

43

Rester dehors eût été désormais pire qu'entrer. Buddy respira donc à fond et entra. Puis il se rappela qu'on doit refermer la porte. Quand on oublie de le faire en pénétrant dans le bureau du principal, il faut ressortir et recommencer.

Dans la pièce, il y avait un autre homme derrière un autre bureau. Son regard était fixé à six pas de la porte pour saisir l'arrivant. Mais, ne voyant rien, il s'abaissa jusqu'au niveau de l'enfant.

– Qu'est-ce que c'est ? grogna l'homme. Comment es-tu arrivé jusqu'ici ?

La première partie de la question ne semblait pas s'adresser à Buddy, mais au plafonnier ou quelque chose comme ça.

Buddy dut raconter son affaire une seconde fois, mais la répétition ne la rendit pas plus facile à dire.

L'homme se contenta de le regarder. Dans son esprit, Buddy avait imaginé que, son récit à peine terminé, se déclencherait une sorte d'alerte générale, une ruée de tous les occupants du commissariat vers les voitures de police dont les sirènes hausseraient leur clameur au milieu des ordres frénétiquement hurlés. C'était toujours comme ça que les choses se passaient dans les films. Mais, dans la vie réelle, l'homme assis derrière le bureau se contentait de le regarder.

– Comment t'appelles-tu, petit ? lui demanda-t-il. Et quelle est ton adresse ?

Buddy le lui dit.

– N'as-tu jamais de cauchemars, petit ? Tu sais, de ces mauvais rêves qui font si peur ?

– Oh si, souvent ! répondit Buddy sans méfiance.

L'homme parla alors dans une sorte de boîte qui se trouvait sur son bureau :

– Ross, venez ici.

Un homme entra dans la pièce. Comme l'autre, celui-là n'était pas non plus en uniforme. Aux yeux de Buddy, c'était un signe d'infériorité. Ils conférèrent à voix basse et l'enfant ne put rien entendre de ce qu'ils disaient. Mais il se rendait bien compte qu'ils parlaient de lui ; ça se voyait à la façon, dont, de temps à autre, ils lui jetaient un coup d'œil. Ils n'avaient pas l'air qu'ils auraient dû avoir. Au lieu de paraître soucieux, préoccupés par ce qu'il venait de leur apprendre, ils semblaient plutôt avoir de la peine à garder un visage inexpressif, comme lorsqu'on a envie de rire.

Puis le premier parla de nouveau à haute voix :

– Ainsi, tu les as vus le couper et le...

Non, il n'avait pas dit ça. Buddy s'en souvenait parfaitement et il n'était pas venu là pour raconter des choses inventées, bien que, quelques semaines auparavant, il eût sauté sur l'occasion ainsi offerte de donner libre cours à son imagination.

– Non, monsieur. Ça, je ne peux pas dire que je l'aie vu. Je les ai juste entendus raconter qu'ils allaient le faire. Mais...

Mais avant qu'il pût affirmer de nouveau, comme il s'apprêtait à le faire, avoir vu l'homme s'effondrer et le couteau s'enfoncer trois fois dans son corps, le détective, sans attendre, lui coupa la parole avec une autre question, si bien que Buddy semblait s'être totalement rétracté en avouant n'avoir rien vu.

– As-tu parlé de ça à tes parents ?

C'était la question que redoutait Buddy.

– Oui, dit-il à contrecœur.

– Alors pourquoi ne sont-ils pas venus nous en informer, au lieu de t'envoyer ?

Buddy essaya de s'en tirer en ne répondant point.

– Parle, petit.

Aux « flics », on est obligé de dire la vérité. C'est très grave de ne pas dire la vérité aux « flics », même si ce sont simplement des « flics en civil », comme ceux-ci.

– Ils ne m'ont pas cru, balbutia l'enfant.

– Et pourquoi ne t'ont-ils pas cru ?

– Ils... ils disent que je suis toujours à inventer des choses.

Il vit le regard qu'échangèrent les deux hommes et comprit sa signification. Il avait d'ores et déjà perdu la bataille. Ils prenaient le parti de son père.

– Oh ! ils disent ça ? Et c'est vrai que tu inventes des choses ?

Il faut dire la vérité aux « flics ».

– Avant, oui, souvent. Mais plus maintenant. Pas cette fois. Cette fois, j'ai rien inventé.

Buddy vit un des hommes se toucher rapidement le front du doigt. C'était un geste qu'il était censé ne pas voir, mais il le vit quand même.

– Es-tu bien sûr de savoir quand tu inventes des choses et quand tu n'en inventes pas, petit ?

– Oh ! oui, alors ! protesta l'enfant. Je sais bien que je n'invente rien, cette fois ! Je sais bien que c'est vrai !

Mais il se rendit compte que ça n'était pas une très bonne réponse. Malheureusement, il n'en avait pas trouvé d'autre. Avec leurs façons de faire, il ne savait plus où il en était.

– Nous allons envoyer quelqu'un pour vérifier ça, petit, dit le premier homme pour le rassurer, avant de se tourner vers son compagnon : Ross, allez là-bas et jetez un coup d'œil. Mais mollo, hein ? Et rien d'officiel. Proposez-leur un abonnement à un magazine ou quelque chose comme ça... Non, tenez, un rasoir électrique. Ça vous permettra de vérifier un point de l'histoire. J'en ai un dans mon tiroir et vous pourrez l'emporter, comme si c'était votre appareil de démonstration. C'est au...?

Il se tourna vers Buddy d'un air interrogateur.

– Au sixième étage, juste au-dessus de chez nous.

– Bon, d'accord, dit Ross sans enthousiasme.

49

Mais il partit quand même aussitôt.

– Va attendre dans la grande salle, dit l'autre homme à Buddy. Assieds-toi sur le banc.

Buddy obéit. Il resta assis sagement pendant près d'une demi-heure. Puis il vit Ross revenir et disparaître derrière la seconde porte du couloir. Alors il attendit, plein d'espoir, le branle-bas, la ruée, les vociférations. Rien ne se produisit. Personne ne bougea. Tout ce qu'il put entendre fut Ross qui pestait et récriminait derrière la vitre dépolie de la seconde porte, tandis que l'autre homme riait, comme lorsqu'on s'amuse aux dépens de quelqu'un. Puis ils le réclamèrent de nouveau dans le bureau.

4

Ross lui jeta un regard noir, tandis que l'autre s'efforçait de redevenir impassible en se passant lentement une main sur le visage.

– Petit, dit-il, je crois qu'on peut entendre facilement à travers le plafond qui te sépare de ces gens-là, hein ? Il est plutôt mince, n'est-ce pas ?

– Oui-oui, balbutia Buddy, se demandant ce qui allait suivre.

– Eh bien, ce que tu as entendu, c'est une émission qu'ils écoutaient à la radio.

– Y en avait pas. Ils n'ont pas de poste dans la pièce.

Ross le regarda sans aménité :

– Si, ils en ont un, dit-il avec aigreur. Je viens d'aller là-bas, et je l'ai vu, de mes yeux. D'ailleurs, montant l'escalier, je l'entendais depuis le troisième étage. Ça fait quatorze ans que je suis dans la police, et ça n'est tout de même pas un gamin qui va me dire ce qui est ou n'est pas dans une pièce !

– Allons, Ross, ça va, dit l'autre homme pour l'apaiser.

– Mais j'ai tout vu par la *fenêtre* ! gémit Buddy.

– Ça pouvait quand même être la radio, petit. Comprends donc qu'on ne peut pas *voir* quelque chose qui est dit, on l'*entend* seulement. Tu pouvais très bien regarder ces gens-là, mais c'était la radio que tu entendais.

– À quelle heure étais-tu là-haut ? grogna Ross.

– Je ne sais pas. Ce... c'était la nuit. On a juste un réveil et on voit pas l'heure quand il fait noir.

Ross haussa les épaules avec humeur en se tournant vers l'autre homme.

– C'était l'émission *Le crime à votre porte*. Elle passe de onze heures à minuit, tous les soirs. La femme m'a dit elle-même que c'était particulièrement terrifiant hier soir. Après ça, son mari est resté plus d'une heure sans lui adresser la parole, parce qu'il a horreur de ce genre de trucs dont elle raffole. Elle reconnaît avoir fait marcher son poste un peu trop fort, justement pour embêter son mari.

L'autre homme regarda Buddy et Buddy regarda le parquet.

Mais Ross continua, avec une sorte de fureur vengeresse :

– Et son mari se sert d'un rasoir de sûreté. Elle est allée le chercher pour me le montrer quand j'ai essayé de lui proposer le rasoir électrique. Ça doit pas être commode de découper un homme en morceaux avec une lame gillette ! *Et* il y a toujours deux valises chez eux. Je les ai vues quand j'ai fait exprès de laisser tomber mon crayon. Les couvercles n'étaient même pas fermés et elles ne contenaient que du linge. *Et* c'étaient pas des valises neuves, mais toutes fatiguées, avec des tas d'étiquettes d'hôtels. Je ne crois pas que des miteux comme eux posséderaient quatre valises. Et même si c'était le cas, y aurait encore l'histoire des journaux. Y a ceux de quinze jours au moins qui traînent dans la pièce. J'ai vérifié la date de quelques-uns. Avec quoi ils auraient emballé le macchabée ? Du papier de soie ?

Ross se tourna comme pour envoyer sa main sur la figure de Buddy, mais l'autre le retint en riant :

– Bah ! Un peu de pratique ne vous a pas fait de mal.

– On voit que ça n'est pas vous qui avez grimpé les six étages ! rétorqua Ross qui sortit de la pièce en claquant la porte.

L'autre homme appela de nouveau quelqu'un et, cette fois, ce fut un policeman en uniforme qui se présenta. L'espace d'une minute, Buddy crut qu'il allait être arrêté sur-le-champ et son cœur se serra.

– Où habites-tu, petit ? Vous feriez mieux de le reconduire, Lyons.

– Pas par-devant ! implora Buddy, livide. Je peux rentrer comme je suis sorti, m'sieur !

– C'est pour être sûr que tu retournes bien chez toi, petit. Tu as suffisamment causé d'ennuis comme ça pour la journée.

Et, du geste, l'homme assis derrière le bureau le chassa, lui et l'histoire qu'il était venu leur confier. Buddy savait que ça n'est pas la peine de discuter avec un policeman et que c'est même ce qu'on peut faire de pire. Il suivit donc Lyons docilement, la tête baissée.

Arrivés à la maison, ils montèrent l'escalier. Au second, le gosse Carmody qui regardait par l'entrebâillement de la porte cria à sa sœur :

– Oooo ! Ils ont arrêté Buddy !

– C'est pas vrai ! protesta-t-il avec indignation. On me ramène simplement chez nous !

Ils arrivèrent au cinquième étage et le policeman demanda :

– C'est là, petit ?

Buddy se mit à trembler. Cette fois, qu'est-ce qu'il allait prendre !

Le policeman frappa à la porte et ce fut la mère de Buddy, pas son père, qui vint ouvrir. Elle ne devait pas travailler de bonne heure, ce jour-là, pour être encore à la maison. En les voyant, elle devint toute blanche, mais le policeman la rassura d'un clin d'œil :

– Vous effrayez pas, ma petite dame. Il est juste venu au poste nous raconter une histoire et nous avons pensé qu'y valait mieux vous le ramener.

– Buddy ! s'exclama-t-elle, horrifiée. Tu es allé leur raconter une histoire, *à eux* ?

– Est-ce que ça lui arrive souvent ? demanda le policeman.

– Tout le temps, tout le temps ! Mais jamais encore ça n'avait été comme cette fois-ci...

– Ça s'aggrave ? Alors, vous feriez peut-être bien d'en parler au principal de son école, ou même à un docteur.

Des planches gémirent sur le palier du dessus et la Kellerman, qui s'apprêtait à descendre, s'arrêta un instant pour les regarder. Avec curiosité, mais d'un air parfaitement calme.

Le flic ne tourna même pas la tête :

– Bon, faut que je reparte, dit-il à la mère de Buddy en portant la main à la visière de sa casquette.

Buddy s'affola :

– Rentre vite, rentre ! chuchota-t-il désespérément. Rentre vite avant qu'elle nous voie !

Il essaya d'entraîner sa mère à l'intérieur de l'appartement, mais elle lui résista et le maintint au contraire sur le palier :

– Non, justement ! Tu vas faire des excuses, dire que tu regrettes, hein ?

La femme acheva de descendre la volée de marches et sourit affablement, en bonne voisine. La mère de Buddy lui rendit la politesse.

– Quelque chose qui ne va pas ? demanda la femme.

– Non, non, c'est rien, répondit la mère.

– Il m'avait semblé apercevoir un policeman ?

– À cause de Buddy qui avait fait quelque chose qu'il n'aurait pas dû...

Sans cesser de regarder son interlocutrice, la mère donna une poussée à son fils, pour l'inciter à faire des excuses, mais Buddy recula encore plus, cherchant à se cacher derrière elle.

– Il a pourtant l'air d'un bon petit garçon, dit la femme d'un air mielleux. Qu'a-t-il donc fait ?

– Oh ! non, ça n'est pas un bon petit garçon, déclara la mère de Buddy d'un ton ferme. Il ment, il raconte des choses sur les gens. D'horribles choses. Des choses qui ne sont pas. Ça peut faire des ennuis, surtout quand les gens habitent la même maison...

La femme regarda longuement Buddy. Peut-être pensait-elle à une couverture, brusquement tombée dans l'escalier d'incendie bien qu'il n'y eût pas de vent... à un vendeur de rasoirs électriques qui avait posé trop de questions...

Il y avait quelque chose dans ce regard qui vous transperçait. C'était comme si la mort vous avait regardé. Jamais encore Buddy n'avait vu un regard pareil si calme, si profond, si froid, si dangereux...

Puis elle sourit. Son regard demeura inchangé, mais elle sourit :

– Ah ! les gosses... fit-elle gentiment en hochant la tête.

Elle étendit la main comme pour tirer l'oreille de Buddy ou une mèche de ses cheveux, mais il rejeta vivement la tête de côté avec une sorte d'horreur, et la main ne l'atteignit pas.

Alors la femme tourna les talons et les quitta. Mais elle ne continua pas de descendre : elle *remonta*.

– J'oublie toujours quelque chose, dit-elle comme se parlant à soi-même. Cette lettre que je dois mettre à la poste.

Mais Buddy comprit qu'elle mentait. Elle remontait tout dire à l'autre, l'*homme*. Elle voulait le mettre au courant sans perdre une minute.

Ce brusque départ termina l'entretien avant que la mère de Buddy n'ait eu la satisfaction de le voir faire des excuses. Mécontente, elle tira son fils à l'intérieur de l'appartement et referma la porte. Mais il n'eut pas conscience de ses remontrances, car il ne pouvait plus penser qu'à une seule chose :

– Maintenant, tu lui as dit ! sanglota-t-il au paroxysme de l'angoisse. Maintenant, ils *savent* ! Ils savent qui c'est !

La mère se méprit totalement :

– Ah ! tu commences enfin à avoir honte de ta conduite ? Je l'espérais bien.

Elle alla prendre la clef dans la poche de son mari, toujours endormi, ouvrit la porte de l'autre chambre, y fit entrer Buddy et l'enferma de nouveau :

– J'*avais* l'intention de te laisser sortir, mais puisque c'est comme ça, tu resteras là jusqu'à ce soir !

Il n'écoutait pas, ne percevait pas un seul mot.

– Maintenant tu lui as dit ! répéta-t-il, avec désespoir. Maintenant, ils vont me le faire payer !

5

Buddy entendit sa mère partir enfin au travail et il resta seul dans l'appartement étouffant, avec pour toute compagnie la lourde respiration de son père dans la pièce voisine. La peur ne s'installa pas immédiatement en lui.

Avec son père dormant à côté, Buddy se savait en sécurité. Les autres ne pouvaient pas l'atteindre. C'est pourquoi il lui était égal d'être enfermé et Buddy n'essaya même pas de s'échapper une seconde fois par la fenêtre. Pour l'instant, il ne risquait rien. C'était la nuit qu'il appréhendait, quand son père serait parti travailler, et qu'il serait seul avec sa mère endormie.

La brûlante journée se consuma irrésistiblement et, quand le soleil descendit derrière les maisons, la peur s'approcha avec les premières ombres du soir. C'était comme une prémonition ; jamais Buddy ne s'était senti comme ça. La nuit prochaine allait être mauvaise, l'obscurité serait une ennemie pour lui, et il n'y avait personne à qui il pût se confier pour implorer secours. Ni son père ni sa mère, pas même la police. Et quand la police n'est pas de votre côté, mieux vaut renoncer, car votre cause est sans espoir. Dans le monde entier, la police est toujours du côté de quiconque n'est ni voleur ni assassin. Il n'y avait que lui à être laissé sans assistance.

La mère de Buddy rentra de son travail et il l'entendit préparer le dîner, puis appeler son père pour l'éveiller. Il entendit aussi son père aller et venir en s'habillant, puis la clef cliqueta dans la serrure et la porte de communication s'ouvrit. Buddy se leva aussitôt de la chaise sur laquelle il était pelotonné et son père lui fit signe d'approcher :

– Et maintenant, es-tu décidé à bien te conduire ? demanda-t-il d'un ton bourru. À en finir avec ces histoires ?

– Oui, p'pa, dit l'enfant docilement. Oui, p'pa.

– Alors, viens t'asseoir et dîne.

Ils s'installèrent autour de la table.

Buddy se rendit bien compte que sa mère n'avait pas eu l'intention de le dénoncer ;

cela se produisit de façon purement acciden-
telle, à la fin du repas. Sans réfléchir, elle dit
que son employeur l'avait fait appeler.

– Et pourquoi donc ? demanda le père.

– Oh ! parce que j'avais cinq ou dix
minutes de retard.

– Comment as-tu fait ton compte ? Tu
semblais pourtant devoir être prête à temps.

– Je l'étais, seulement le policeman qui
est venu m'a...

Elle s'interrompit net, mais le mal était
fait.

– Quel policeman qui est venu ?

Elle ne le voulait pas, mais finalement
elle fut obligée de tout raconter :

– Buddy s'était sauvé et un policeman l'a
ramené... Non, Charlie, non ! Tu viens juste
de finir de manger !

Le père de Buddy avait saisi l'enfant par
l'épaule, l'arrachant à sa chaise :

– Je t'avais pourtant flanqué une tannée.
Combien va-t-il t'en falloir pour que tu...

On frappa à la porte et cela valut un sursis à Buddy. Son père le lâcha pour aller ouvrir. Il parla avec quelqu'un, puis referma la porte et revint en disant d'un air surpris :

– C'est un télégramme. Et pour toi, Mary.

– Qui diable...?

Elle ouvrit le pli d'un doigt tremblant et s'exclama :

– Oh ! c'est d'Emma. Elle doit avoir des ennuis... *Prière venir urgence dès réception...*

Emma était la tante de Buddy, la sœur de sa mère, et elle habitait de l'autre côté de la ville, tout au fond de Staten Island.

– Ça doit être les enfants, dit la mère. Ils seront tombés malades tous les deux en même temps ou quelque chose comme ça.

– Ou peut-être que même c'est elle, dit le père. Ça serait encore pire !

– Si seulement je pouvais la joindre ! Voilà ce que c'est de n'avoir pas le téléphone.

Voyant sa mère qui commençait aussi à rassembler ses affaires, Buddy supplia, terrifié :

– T'en vas pas, m'man ! C'est un tour des autres ! C'est eux qui ont envoyé le télégramme. Pour que tu t'en ailles ! Pour pouvoir m'avoir !

– Encore avec tes histoires ! s'exclama le père en lui donnant une bourrade. File dans ta chambre ! T'en fais pas, Mary, je me charge de lui. Dépêche-toi... t'en as pour un moment avant d'être là-bas... Et maintenant, je m'occupe de toi, Buddy !

Mais ce n'était pas le prélude à la correction. Le père s'en alla simplement chercher un marteau et des clous, à l'aide desquels il rendit impossible l'ouverture de la fenêtre.

– Là, ça t'ôtera l'envie de sortir ! et maintenant, tu peux raconter des histoires aux quatre murs, si ça te chante !

La mère lui caressa la tête en disant d'une voix larmoyante :

– Je t'en prie, sois gentil. Écoute bien ton père...

Puis elle s'en alla et Buddy ne resta plus qu'avec un seul protecteur. Un protecteur qui s'était tourné contre lui. L'enfant essaya de raisonner son père, de le gagner à sa cause :

– P'pa, me laisse pas seul ici. Ils vont descendre me faire du mal. P'pa, emmène-moi avec toi à l'usine... J'te gênerai pas, je serai bien sage, j'te le promets !

Son père lui jeta un regard sombre :

– Et tu continues, *tu continues* ! Demain, tu iras chez un docteur. Je t'y conduirai moi-même, pour voir ce que t'as !

– P'pa, ferme pas la porte... Non, non, j't'en prie ! Que j'puisse au moins me sauver... *P'pa !*

Buddy se suspendit des deux mains à la poignée de la porte pour la retenir, mais son père était plus fort que lui et l'entraîna avec le battant.

– Pour que t'ailles encore nous faire honte en racontant des histoires à la police ? Si tu as tellement peur d'*eux*, comme tu dis, tu devrais être content que je t'enferme, pour qu'*ils* ne puissent pas arriver jusqu'à toi, bougre de petit menteur !

Clac ! fit la clé dans la serrure.

Buddy pressa son visage contre la fente et implora avec l'énergie du désespoir :

– P'pa, laisse pas la clef dans la serrure ! Si tu m'enfermes, emporte au moins la clef avec toi !

Cela acheva d'exaspérer son père qui lui lança :

– Nous réglerons ça quand je reviendrai du boulot, mon garçon ! Tu ne perds rien pour attendre, c'est moi qui te le dis !

La porte de l'appartement claqua. Désormais, tout appel était vain.

Buddy était seul maintenant. Seul avec ses ennemis, seul avec la mort toute proche. Il s'arrêta aussitôt de crier, comprenant que ça ne pouvait plus lui être d'aucun secours et risquait même de précipiter les choses.

Il éteignit la lumière. Il avait encore plus peur dans le noir, seulement il pourrait peut-être ainsi les abuser, en leur faisant croire qu'il n'y avait plus personne dans l'appartement. Mais il n'avait pas grand espoir d'y réussir. Ils avaient dû surveiller l'escalier et voir son père partir seul.

Le silence. Pas un bruit. Du moins, aucun bruit menaçant, c'est-à-dire aucun bruit au-dessus ou à l'intérieur de l'appartement. Mais, au-dehors, tous les bruits inoffensifs d'une nuit d'été. Les postes de radio, la vaisselle qu'on lave, un bébé qui pleure avant de s'endormir enfin...

C'était encore trop tôt et Buddy avait un peu de temps devant lui. Mais c'était peut-être le plus terrible, de devoir rester là et d'attendre que ça vienne.

L'heure sonna à une église, Sainte-Agnès, qui était à cent mètres de la maison. Buddy compta machinalement les coups. Neuf... non, encore un. Dix heures déjà. Comme le temps avait passé vite dans le noir !

Il fallait bien une heure et demie à M'man pour arriver chez tante Emma et encore, à condition qu'elle ne rate aucune correspondance. En effet, elle devait d'abord gagner le bas de Manhattan par le métro ; puis prendre le ferry pour traverser la baie et ensuite emprunter un autobus pour arriver au terme de sa randonnée. Et encore au moins une heure et demie pour revenir, en admettant qu'elle reparte tout de suite. Ce qu'elle ne ferait sûrement pas. Elle resterait un moment avec tante Emma, même après avoir découvert que le télégramme était faux. Jamais elle ne penserait qu'il pouvait être en danger : elle était tellement confiante ! Elle supposerait sans doute qu'il s'agissait d'une simple plaisanterie.

Buddy serait donc seul jusqu'à une heure du matin, au moins. Ils le savaient. C'était pour cela qu'ils prenaient leur temps ; attendant que les autres personnes soient couchées et s'endorment.

6

Par instants, Buddy se levait et allait jusqu'à la porte pour écouter. Rien. Rien que le tic-tac du réveil dans l'autre pièce.

Peut-être que s'il poussait la clef et qu'elle tombe près de la porte, il parviendrait à la tirer de son côté ?

La porte était vieille, gauchie, et l'espace qui la séparait du plancher semblait assez large. Buddy crut facile de pousser la clef à l'aide d'un crayon qu'il avait dans sa poche et il l'entendit tomber. Avec un fil de fer rouillé dont il recourba une extrémité et qu'il passa sous la porte, l'enfant essaya ensuite d'attraper la clef. À plusieurs reprises, il entendit le crochet la toucher, mais chaque fois qu'il tirait, l'hameçon revenait sans sa proie. Finalement, il ne put même plus toucher la clef et comprit que ses essais répétés avaient fini par la pousser hors d'atteinte. Sa tentative avait échoué.

L'horloge de l'église sonna de nouveau. Onze coups. Était-il possible qu'une heure se fût passée à essayer d'attraper la clef ?

Maintenant, la plupart des fenêtres que Buddy apercevait de sa chambre étaient obscures et on n'entendait plus aucune radio. S'il pouvait tenir encore une heure, peut-être qu'il s'en tirerait. À partir de minuit, le temps travaillerait pour lui, car sa mère serait sur le chemin du retour et...

Buddy se raidit. Il venait d'entendre un craquement juste au-dessus de sa tête. Chez *eux*. Le premier bruit qu'*ils* aient fait. Rien qu'à la façon dont ce craquement s'était prolongé – cra-a-ac – on devinait qu'il avait été provoqué par une personne marchant prudemment, sur la pointe des pieds.

Puis, plus rien. Buddy avait peur de bouger et osait à peine respirer.

Après un moment, un nouveau bruit, mais différent et provenant d'un autre endroit. Ce n'était plus une planche qui craquait, mais un bruit de métal, pas au-dessus, mais au-dehors...

Buddy tourna vivement les yeux vers la fenêtre.

Le store.

Il aurait dû y penser plus tôt, mais, même s'il était levé, personne ne pouvait voir dans la pièce quand la lumière était éteinte.

Il distinguait vaguement le rectangle de la fenêtre, comme une pâleur grisâtre dans les ténèbres de la chambre. Et voilà qu'une masse venait obscurcir en partie cette grisaille, descendant lentement jusqu'au niveau de la fenêtre.

Buddy se plaqua contre le mur, rentrant sa tête entre les épaules, comme une tortue cherchant à se réfugier à l'intérieur de sa carapace.

Brusquement, il y eut contre la fenêtre un disque lumineux, de la taille d'un œuf, et un rayon de clarté s'abattit dans la chambre. Il se mit à tourner lentement, suivant les murs d'un côté à l'autre...

Peut-être que s'il se baissait bien, Buddy pourrait passer sous le rayon. Il se transforma en une sorte de boule, la tête maintenant plus basse que les genoux.

Le rayon arriva juste au-dessus de lui, sur le mur, et il n'y avait rien derrière quoi se cacher. Soudain, le rayon descendit et vint le frapper en plein visage, le forçant à fermer les yeux. Puis la clarté s'effaça aussi brusquement qu'elle avait jailli. *Ils* n'en avaient plus besoin maintenant. Cette lumière leur avait appris ce qu'ils voulaient savoir, leur avait montré que Buddy était *seul* dans sa chambre.

L'enfant entendit des doigts qui s'affairaient, essayant de lever le cadre intérieur de la fenêtre à guillotine. Mais les clous plantés par son père le maintenaient solidement fixé.

Lentement, le rectangle de la fenêtre pâlit de nouveau. Puis il y eut un craquement au-dessus de la chambre, mais cette fois plus bref. Il n'était plus besoin maintenant de procéder avec autant de prudence.

Qu'allaient-ils faire ensuite ? Essayer d'entrer par l'autre côté, par le palier ? Ou bien renoncer ? Non, sûrement pas renoncer. Ils ne pourraient pas recommencer le coup du télégramme. Il leur fallait donc agir maintenant, car ils ne retrouveraient pas une pareille occasion.

La demie sonna au clocher de Sainte-Agnès. Le cœur de Buddy battait comme si l'enfant avait longtemps couru.

Pendant plusieurs minutes, ce fut le silence, le calme avant la tempête. Buddy respirait avec la bouche ouverte et, malgré cela, il avait l'impression de n'avoir pas assez d'air, de suffoquer.

Puis il y eut un bruit de serrure. De l'autre côté, dans la pièce voisine. Un bruit léger de serrure qui ne résistait pas. La porte de l'appartement dut s'ouvrir, car Buddy entendit un des gonds grincer un peu, puis grincer de nouveau quand on la referma.

Une fausse clef. Ils s'étaient servis d'une fausse clef.

Buddy entendit alors les lames du plancher gémir dans la chambre de ses parents. Quelqu'un se dirigeait droit vers la porte derrière laquelle il se trouvait, vers son ultime rempart. Peut-être étaient-ils deux, peut-être n'y en avait-il qu'un... impossible à dire.

Ils n'avaient pas allumé. Sans doute craignaient-ils d'être vus du dehors. Buddy crut les entendre respirer, mais peut-être était-ce son propre souffle qui devenait de plus en plus bruyant...

Le bouton de la porte tourna, puis reprit sa position première. Ils essayaient d'ouvrir. Si seulement ils pouvaient ne pas voir la clef par terre... Mais Buddy comprit aussitôt qu'ils n'en avaient pas besoin ; le même passe qui avait ouvert la porte d'entrée ouvrirait celle-ci.

Si seulement il pouvait coincer la serrure... Avec le bout de crayon qui lui avait servi à faire tomber la clef ! Il plongea la main dans sa poche et l'en ressortit, mais avec tant de précipitation que le crayon tomba et qu'il dut le chercher à tâtons sur le plancher. Il le trouva enfin et revint vers la porte, mais la fente de celle-ci se dessina soudain au sein de l'obscurité, comme longée par un rayon lumineux qui cherchait, et, la seconde d'après, la fausse clef fut introduite dans la serrure.

Trop tard pour la coincer !

Buddy chercha autour de lui quelque chose qu'il pût pousser contre la porte, pour retarder tant soit peu sa défaite. Mais il n'y avait que la chaise sur laquelle il avait été assis et c'était insuffisant.

La clef tâtonnait, cherchant à faire jouer la serrure.

Buddy saisit le dossier de la chaise à deux mains, mais c'est contre la fenêtre qu'il l'envoya. La vitre vola en éclats avec un grand fracas, juste au moment où la clef tournait dans la serrure.

L'enfant se faufila entre les morceaux de verre acérés sans avoir le temps d'opérer avec prudence. Il sentit ses vêtements accrocher à un ou deux endroits mais il s'en sortit sans une estafilade.

Derrière lui, des pas traversèrent précipitamment la pièce et un bras jaillit par l'ouverture de la fenêtre, mais le manqua de justesse. Les morceaux de verre retinrent l'homme d'emprunter le même chemin car il était beaucoup plus grand et gros que Buddy.

L'enfant dévala l'escalier d'incendie au péril de sa vie. Un virage et en bas, un autre virage et encore en bas, comme en tire-bouchon. Puis il sauta sur le sol, ainsi qu'il l'avait fait le matin, et se précipita dans le couloir du rez-de-chaussée. Buddy songea à se cacher dans la cave qu'il connaissait bien, mais si les autres s'en doutaient et l'y coinçaient, ils l'y tueraient aussi facilement que là-haut... Non, mieux valait la rue, où il rencontrerait des passants qui pourraient le secourir.

7

Comme il débouchait sur le trottoir, il entendit les pas de son poursuivant qui arrivait au bas de l'escalier et lui donnait la chasse, faute d'avoir pu lui couper le passage.

Buddy tourna vivement à droite et courut vers le coin de la rue, comme seul un enfant peut courir. Mais l'homme avait de plus grandes jambes et plus de souffle ; aussi ne lui faudrait-il pas longtemps pour rattraper son retard.

L'enfant tourna dans l'autre rue. Personne en vue, aucun secours à espérer. Et l'homme se rapprochait inexorablement, chacune de ses enjambées couvrant autant de distance que Buddy en trois pas. Il aurait donc fallu que l'enfant fût trois fois plus rapide que son poursuivant et il avait déjà beaucoup de mal à courir aussi vite que lui. La femme lui donnait également la chasse, mais elle était loin derrière et n'avait aucune importance pour l'instant.

Buddy repéra une rangée de poubelles alignées au bord du trottoir. Des poubelles pleines qui attendaient d'être vidées et constituaient une sorte de mur, car elles étaient trop hautes pour qu'on pût sauter par-dessus. Or l'homme n'était plus qu'à deux mètres de lui et étendait déjà le bras pour l'attraper. Accélérant sa course, Buddy atteignit la dernière poubelle et, s'accrochant au rebord du couvercle, pivota autour du lourd récipient que son poids maintenait solidement au sol. L'homme était trop massif pour opérer aussi rapidement et avec autant d'agilité. D'ailleurs, surpris par cette volte-face et entraîné par son élan, il dépassa la dernière poubelle de plusieurs enjambées et dut décrire une ellipse pour revenir sur ses pas. Buddy avait regagné de l'avance mais la femme arrivait et il allait être pris entre deux feux. Alors, il s'arrêta près d'une des poubelles découvertes, comme à bout de souffle, mais plongea ses deux mains dans les cendres qui l'emplissaient. L'homme fonça vers lui et Buddy releva violemment ses mains. Ce geste fut beaucoup plus efficace que si Buddy avait jeté les cendres directement à la face de son agresseur. Ce fut comme si le haut de la poubelle entrait en éruption, envoyant des cendres en plein dans le visage de l'homme.

L'enfant fila en diagonale, reprenant sa direction première. L'homme toussant, trébuchant, agitant les bras, et essayant de recouvrer la vue, fut une minute avant de pouvoir se relancer à sa poursuite et Buddy en profita pour tourner dans une autre rue. Mais l'homme se remettait en action et, comme si ce repos forcé lui avait été profitable, semblait courir encore plus vite.

Buddy aperçut enfin quelqu'un en avant de lui, la première personne qu'il rencontrât depuis que la poursuite avait commencé. Il se précipita vers cet homme et s'accrocha à son bras, trop essoufflé pour pouvoir parler, mais pointant désespérément le doigt en direction de son poursuivant.

– ... s'que c'est ? dit l'homme d'une voix pâteuse, après avoir eu un haut-le-corps de surprise... s'que tu fais ?

– M'sieur, cet homme veut me tuer...! M'sieur, le laissez pas... !

L'homme chancela et tous deux faillirent tomber. Le visage que Buddy implorait arbora un air d'imbécillité tranquille :

– ... q'tu dis, p'tit ?... veut t'tuer ?

Un pochard. Inutile d'insister. C'était à peine s'il comprenait ce qu'on lui disait. Mais une idée vint à Buddy et il donna une forte poussée à l'homme ; celui-ci s'étala sur le trottoir, en plein dans les jambes de Kellerman qui tomba par-dessus lui. Une minute ou deux de gagnées.

Vers l'autre extrémité de la rue, l'enfant tourna de nouveau et déboucha dans une avenue. Sur la chaussée, il vit des rails luisants et, justement, un tram éclairé arrivait à sa hauteur. Le miracle qu'il implorait !

Buddy avait depuis longtemps l'habitude de voyager gratis en se perchant à l'arrière des trams. Il savait exactement où s'accrocher et poser ses pieds. L'instant d'après, c'était fait.

Quand l'homme se précipita à son tour dans l'avenue, il vit sa proie emportée par le tram. La distance les séparant s'accroissait lentement, mais sûrement ; des jambes ne peuvent pas lutter contre un moteur. Cependant, l'homme ne renonçait pas, continuait à courir tout en paraissant se rétrécir un peu plus chaque fois que Buddy regardait par-dessus son épaule.

– Arrêtez ! Arrêtez ! criait-il faiblement au loin.

Le receveur dut penser qu'il s'agissait simplement d'un voyageur car Buddy – qui avait les yeux au bas de la vitre arrière – le vit agiter vaguement le bras en haussant les épaules.

Soudain, le tram se mit à ralentir. Un arrêt était en vue, où des voyageurs guettaient son arrivée. Terrifié par ce contretemps, Buddy essaya de calculer la vitesse de son poursuivant. À la distance où se trouvait l'homme, si les voyageurs montaient rapidement et si le tram repartait aussitôt, Buddy aurait peut-être encore une chance de lui échapper de justesse.

Le tram s'arrêta. En avant de lui, un feu vert brillait amicalement. Les personnes qui attendaient, au nombre de trois, se précipitèrent vers la porte d'accès. Deux d'entre elles aidèrent la troisième, une vieille femme, à monter, puis ils firent passer une valise et des paquets. Après quoi, du haut du marchepied, elle se pencha pour les embrasser plusieurs fois chacun.

– Au revoir. Bon retour, tante Tilly.

– Merci pour tout, mes chéris !

– Nos amitiés à Sam.

91

– Une minute ! tante Tilly, votre parapluie ! Vous oubliez votre parapluie !

Le wattman, d'un pied impatienté, actionna son avertisseur : *ding* !

Le feu vert venait de disparaître. Le tram eut un soubresaut, préludant au départ. Mais, brusquement, le feu rouge surgit dans la nuit, maléfique, sanglant, symbole de mort. De la mort du petit garçon.

Discipliné, le tram s'immobilisa de nouveau complètement. Et dans le silence, on put alors entendre *wap-whup, wap-whup, wap-whup...* un bruit de course qui se rapprochait.

Buddy se résigna à abandonner le tram, mais c'était déjà trop tard. L'homme l'avait rejoint ; sa main, tel un étau, se referma sur la nuque de l'enfant, le plaquant contre la carrosserie du wagon.

La poursuite était terminée. La proie était prise.

– À présent, je te tiens ! haleta l'homme à l'oreille de Buddy.

Maintenant qu'il avait trahi la confiance mise en lui, le tram repartait, emportant ses lumières, les laissant tous deux seuls dans la nuit.

Buddy était trop épuisé pour se débattre et l'homme, à bout de souffle, se contentait de le tenir par l'épaule, mais cela suffisait. Ils demeurèrent quelques instants ainsi, respirant bruyamment, mais étrangement passifs, comme s'ils attendaient un signal pour reprendre la lutte.

Sur ces entrefaites, la femme les rejoignit. Son calme et sa froideur parurent à Buddy plus terrifiants que des imprécations. Elle parla de lui comme s'il eût été un panier de quelque chose :

– Bien, Joe ! Mais ne le laisse pas au milieu de la rue ! Emmène-le de là !

93

Buddy essaya de se dégager, mais la tentative était vouée d'avance à l'échec, et ce suprême sursaut fut immédiatement neutralisé. L'homme lui tordit le bras droit derrière le dos et s'en servit comme d'un levier, forçant l'enfant à la soumission. La douleur était trop vive pour qu'on pût songer à résister.

Ils l'entraînèrent sur le trottoir et rebroussèrent chemin. Ils le coinçaient entre eux, si proches l'un de l'autre que, de face, on ne pouvait pas deviner qu'ils lui tordaient le bras et le forçaient à avancer malgré lui.

N'allaient-ils pas rencontrer quelqu'un ? Est-ce que, ce soir justement, tous les gens étaient chez eux ?

Comme envoyés par le ciel, deux hommes apparurent. Ceux-là n'étaient pas saouls, ils marchaient droit, normalement. C'étaient des hommes avec qui l'on pouvait s'expliquer. Ils ne pourraient point lui refuser leur aide. Kellerman n'avait pas la possibilité de les éviter. Il se contenta donc de tordre un peu plus le bras de Buddy en chuchotant :

– Un seul mot, et j'te l'arrache !

Buddy attendit que les deux hommes fussent arrivés presque à sa hauteur, faisant appel à toutes ses forces pour dominer la douleur qu'il ressentait et celle, plus vive encore, qui allait lui succéder. Puis, lançant sa jambe de côté, il donna un violent coup de talon dans le tibia de Kellerman. S'écartant aussitôt de lui, l'homme le lâcha. Buddy se jeta alors contre l'un des passants, s'accrochant des deux bras à l'une de ses jambes en suppliant :

– M'sieur, au secours ! M'sieur, les laissez pas m'emmener !

Incapable de faire un pas de plus, l'homme s'était immobilisé et son compagnon l'imita instinctivement :

– Que diable...!

– M'sieur, y faut me croire, y faut me croire! Ils ont tué un homme hier et, maintenant, ils veulent me tuer!

Joe Kellerman n'agit pas comme Buddy l'avait pensé. Il ne chercha pas à le ressaisir, ne se livra à aucune violence, ne manifesta même pas la moindre colère. Ce total changement d'attitude décontenança Buddy et le mit dans une de ces situations fausses, imprécises, où les grandes personnes font tout naturellement confiance à leurs semblables plutôt qu'à un enfant.

– Faire ça à ses propres parents, dit Joe d'une voix qui n'exprimait plus qu'une immense tristesse.

Sa femme avait sorti un mouchoir, s'en tamponnait les yeux.

– Ce sont pas mes parents! C'est pas vrai! hurla désespérément Buddy.

La femme détourna vivement la tête et ses épaules tremblèrent spasmodiquement.

– C'est pas qu'il veuille mentir, dit Joe avec une indulgence toute paternelle. Seulement, il invente des choses et il finit par y croire. C'est son imagination qui travaille trop.

– Ce sont pas mes parents, ce sont pas mes parents !

– Bon, eh bien, dis à ces messieurs où tu habites, fit Joe d'un ton suave.

– 20, Holt Street ! cria l'enfant sans réfléchir.

Joe avait sorti un portefeuille de sa poche et exhibait une pièce d'identité où s'étalait son adresse :

– Pour une fois, il reconnaît habiter avec nous. D'ordinaire, il raconte...

– Il a volé cinq dollars dans mon sac, intervint la femme d'une voix mouillée. C'était l'argent que j'avais mis de côté pour payer le gaz. Puis il est allé au cinéma. Depuis trois heures tantôt qu'il était parti !

On vient seulement de le retrouver et il n'arrête pas de nous faire cette vie...

– Ils ont tué un homme ! cria Buddy à l'agonie. Ils l'ont découpé avec un rasoir !

– C'est dans le film qu'il vient de voir, dit Joe avec un hochement de tête désespéré. Aussi, on devrait pas faire des films pareils !

La femme s'était accroupie devant Buddy, dans une attitude de supplication, s'efforçant, avec une sollicitude toute maternelle, de lui nettoyer le visage à l'aide de son mouchoir :

– Vas-tu être sage maintenant ? Veux-tu nous suivre à la maison comme un bon petit garçon ? Maman dira à l'homme du gaz d'attendre pour la note... On te punira pas...

Subissant l'effet des larmes de la femme, de la tristesse résignée de l'homme, les deux passants étaient maintenant ligués contre Buddy. L'un d'eux se tourna vers son compagnon :

– Ben, mon vieux Mike, si c'est ça le résultat, je suis rudement content de ne pas être marié !

L'autre se baissa et détacha les bras de Buddy, sans trop de ménagements :

– Allez, lâche ma jambe, dit-il d'un ton bourru. Faut écouter tes parents, être bien obéissant.

Il épousseta son pantalon, d'un geste indiquant que l'affaire était close, et se remit en marche avec son camarade.

8

Derrière eux, le tableau resta inchangé aussi longtemps qu'ils furent à portée d'appel. La femme demeurait agenouillée devant Buddy, mais elle agrippait férocement le devant de sa chemise.

L'homme était penché vers l'enfant, comme s'il l'admonestait gentiment, mais il lui tordait de nouveau le bras en disant entre ses dents serrées :

– Sale petit démon !

– Y a qu'à prendre un taxi, Joe. On peut pas continuer à parader dans la rue comme ça avec lui.

Puis ils se dirent quelque chose que Buddy ne saisit qu'en partie :

– … maison abandonnée. Les gosses jouent beaucoup par là.

L'enfant ne comprit pas ce qu'ils avaient décidé mais rien qu'à voir leur air méchamment satisfait, il devina que c'était terrible et un frisson lui parcourut l'échine.

Sur un signe de l'homme, un taxi qui passait vint se ranger le long du trottoir et, de nouveau, ce fut la comédie :

– C'est bien la dernière fois que je te sors le soir ! dit la femme à Buddy d'un ton grondeur, tout en épiant le chauffeur du coin de l'œil. Allez, maintenant, monte !

Comme il tentait de résister en pesant en arrière, elle lui saisit les jambes, tandis que l'homme lui prenait les épaules et ils le chargèrent dans la voiture, comme un sac de pommes de terre, avant de le coincer entre eux sur la banquette.

– À l'angle d'Amherst et de la 22e, dit Joe au chauffeur.

Puis, tandis que le taxi démarrait, il chuchota à la femme, du coin de la bouche :

– Assieds-toi un peu en avant.

Tandis que le corps de la mégère faisait écran entre le chauffeur et eux, Kellerman balança son poing qui atteignit l'enfant à la pointe du menton. Une fusée d'étoiles passa devant les yeux de Buddy et ses oreilles se mirent à tinter. Il ne perdit pas connaissance, mais ses yeux se remplirent de larmes sans qu'il pleurât, et il demeura comme prostré pendant plusieurs minutes.

Quand il reprit possession de ses facultés, un feu rouge arrêtait le taxi. Un claquement métallique attira son attention et, de l'autre côté de la rue, il vit un policeman qui refermait la porte d'une borne d'appel, avant de se remettre posément à faire les cent pas.

Un policeman, enfin ! Ce qu'il espérait tant, ce qu'il implorait...

Devinant ses pensées, le mouchoir en tampon au creux de la main, la femme voulut le bâillonner, mais Buddy rejeta la tête de côté et lui mordit cruellement le doigt. Elle retira vivement sa main avec une exclamation de douleur. Alors, il hurla de toutes ses forces, au point que l'intérieur de sa gorge lui parut s'arracher comme la doublure d'un vêtement :

– Au secours, m'sieur l'agent ! Au secours ! À moi !

L'agent de police obliqua aussitôt en direction du taxi, mais sans hâte. Un enfant qui appelle au secours, ça ne présente pas la même urgence qu'une grande personne.

Il s'approcha de la portière, appuya même, d'un geste nonchalant, son bras sur la glace baissée. Ça ne pouvait pas être grave, un gosse qui criait dans un taxi.

– Qu'est-ce qui se passe ? s'informa-t-il aimablement. Pourquoi hurle-t-il ainsi ?

– Parce qu'il sait ce qui l'attend dès que nous serons de retour à la maison ! répondit la femme d'un ton expressif. Mais tu peux appeler tous les agents qu'on rencontrera, mon gaillard, ça ne changera rien à rien, c'est moi qui te le dis !

– Il a peur de la correction, hein ? sourit le policeman, d'un air entendu. Bah ! une bonne fessée n'a jamais fait de mal. Ce que mon vieux a pu m'en donner quand j'avais son âge !

Il gloussa en évoquant ces cuisants souvenirs, puis reprit :

– Mais voilà qui est nouveau d'appeler les agents pour éviter une correction ! Vraiment, maintenant, les gosses ont de ces trucs !

– Une fois, il a crié « Au feu ! » et les voisins ont alerté les pompiers, dit le « père » du « garnement », et le policeman eut un sifflement appréciateur.

Le chauffeur de taxi tourna la tête et intervint dans la conversation sans qu'on l'en priât :

– Moi, j'en ai deux, mais s'ils me donnaient seulement moitié autant de mal que celui-là depuis que ses parents m'ont fait signe, j'crois bien que j'leur casserais la tête !

– Ils ont tué un homme la nuit der-dernière et ils l'ont cou-coupé en morceaux et... sanglota Buddy.

– Quel mauvais esprit il a ! fit le policeman avec désapprobation. Il se pencha pour mieux voir le visage crispé de l'enfant :

– Mais dis donc, mon gars, est-ce que je ne te connais pas ?

Il y eut un silence pesant. Le cœur de Buddy se gonfla comme un ballon. Enfin !

– Pour sûr ! Je m'en souviens maintenant ! Tu es venu au poste ce matin, nous raconter la même histoire et nous faire perdre du temps. Brundage a même envoyé quelqu'un pour enquêter ! Une rigolade ! Mais oui, c'est bien toi. Même qu'on t'a raccompagné chez tes parents ensuite. C'est vous, ses parents ?

– Autrement, pensez-vous qu'on l'endurerait comme ça ? riposta Joe, amer.

– Eh bien, vous avez droit à toute ma sympathie ! fit le policier avec un geste dégoûté. Allez, emmenez-le… et ne vous attendrissez pas !

Le taxi se remit en marche. Au comble du désespoir, Buddy renversa la tête. N'y aurait-il donc personne pour le croire ? Fallait-il être grand pour qu'on vous crût ? Il n'essaya même pas de crier de nouveau quand il aperçut d'autres gens sur le trottoir. À quoi bon ? Ils ne le croiraient pas davantage. Il était perdu. Des larmes roulèrent sur ses joues, mais il ne proféra pas un son.

– Quel numéro ? demanda le chauffeur.

– Arrêtez-nous au coin, ça ira, répondit l'homme aimablement. On habite à deux pas.

Il paya le chauffeur avant de descendre de voiture, afin d'avoir ensuite les mains libres pour s'occuper de l'enfant.

Ils s'éloignèrent rapidement, entraînant Buddy dont les pieds ne touchaient presque plus le sol. Le taxi vira et repartit dans la direction d'où il était venu.

– Tu crois qu'il se souviendra de nos têtes ? s'enquit la femme, soucieuse.

– Ce sont pas nos têtes qui comptent, mais celle du gosse, répondit Joe. Et il ne l'a pas vue.

Dès que le taxi eut disparu, ils revinrent sur leurs pas et s'engagèrent dans une autre rue.

– C'est par là, dit Kellerman à mi-voix.

Il s'agissait d'une vieille maison aux fenêtres garnies de planches, condamnée à la démolition mais encore debout. Il s'en exhalait une odeur de décomposition, et Buddy comprit que la mort était là.

– Tu vois personne ? s'informa Joe en regardant attentivement autour d'eux, tandis que l'ombre de la maison les rendait quasiment invisibles.

Puis brusquement, il étreignit Buddy – une étreinte où n'entrait aucune affection – et sa main se plaqua sur la bouche de l'enfant, si fortement que, les mâchoires paralysées, Buddy ne put pas mordre, comme il l'avait fait pour la femme.

Kellerman, l'appuyant sur sa hanche, l'emporta ainsi jusqu'à l'intérieur de la maison. L'accès de celle-ci semblait interdit par les planches qui étaient clouées en travers de la porte, mais ce n'était qu'une apparence, car ces planches ne tenaient plus guère. Il était aisé de les retirer et de les replacer ensuite, comme le fit la femme. Ils se trouvèrent alors tous les trois dans un puits de ténèbres. Une odeur pestilentielle régnait dans cette obscurité. Ce n'était pas seulement l'odeur d'une maison morte, mais autre chose encore... Peut-être l'odeur de la mort dans deux valises ?

– Comment savais-tu qu'on pouvait entrer là ? chuchota la femme, surprise.

– Y a pas longtemps que je le sais, répondit l'homme d'un ton significatif.

– C'est donc *ici* ? fit-elle à mi-voix avec une intonation effrayée.

L'homme avait de nouveau sorti sa torche électrique. Le rayon lumineux se braqua sur un escalier en décomposition, et disparut aussitôt, rendant les ténèbres plus épaisses encore après ce bref éblouissement.

– Reste où tu es et ne fume pas, dit l'homme à la femme. Je vais monter.

Buddy comprit alors pourquoi Joe ne l'avait pas complètement assommé : son corps inerte eût été trop encombrant et pesant. L'ascension commença, avec les pieds de Buddy traînant sur le rebord des marches : *crunch, crunch... skfff*.

L'enfant, paralysé par la terreur, n'avait plus la force de lutter. De toute façon, c'eût été inutile. Au-delà de ces murs qui étoufferaient sa voix, il n'y avait personne pour l'entendre. Et puisque les gens n'avaient pas voulu l'aider dehors, pourquoi seraient-ils venus le secourir ici ?

Joe ne se servait de la torche que par instants : juste un éclair et il l'éteignait aussitôt. Quand ils arrivaient à un palier, par exemple, et qu'il leur fallait aborder une autre volée de marches. Il craignait sans doute que cette clarté pût être aperçue du dehors. Cette blancheur sur fond de nuit, c'était comme le mot *Mort* écrit en morse...

Ils s'arrêtèrent enfin, sans doute parce que l'escalier n'allait pas plus haut. Au-dessus d'eux, il y avait une lucarne à la vitre éclatée. Si Buddy la devinait au sein des ténèbres, c'est parce que, dans son encadrement, deux étoiles luisaient faiblement.

Joe plaqua l'enfant contre le mur et le maintint dans cette position en lui serrant la gorge. Puis il alluma sa torche électrique et, cette fois, la garda ainsi. Il voulait voir ce qu'il allait faire. Il la posa par terre, le rayon braqué sur Buddy. Puis son autre main accentua son étreinte pour achever ce qui avait été commencé.

Une minute, peut-être une minute et demie, il ne lui faudrait pas plus longtemps. La vie s'en va terriblement vite, même quand on tue de cette façon qui est une des plus lentes.

– Dis adieu, fiston ! murmura-t-il ironiquement.

Quand on va mourir, on se débat, parce que... parce que cette lutte, c'est justement la *vie*.

Buddy ne pouvait pas bouger la tête, ni les bras, emprisonnés derrière son dos, mais ses jambes étaient encore libres. L'homme l'avait laissé ainsi, pour qu'il pût mourir debout. Buddy savait que l'estomac est un point très sensible. Il ne pouvait pas décocher un coup de pied à son tortionnaire, car l'homme était trop près de lui, mais il releva son genou et celui-ci atteignit le but visé. Un souffle chaud frappa Buddy au visage, comme un ballon qui éclate.

La mortelle étreinte se relâcha, tandis que l'homme portait instinctivement ses deux mains à l'endroit douloureux. Mais Buddy savait bien que ce coup ne pouvait suffire. Avec la Mort, il n'est pas de quartier ! L'homme lui ayant malgré soi concédé l'espace dont il avait besoin, d'une détente du genou, Buddy lança son pied, la semelle perpendiculaire au sol. Cela fit un bruit de succion, comme si la chaussure s'était enfoncée dans une éponge pleine d'eau.

L'homme partit violemment à reculons et dut heurter la torche, car le rayon s'agita follement, puis il y eut un craquement, une sensation d'affaissement, comme si toute la maison vacillait, et un bruit assourdissant d'effondrement. Le rayon de la torche décrivit une nouvelle courbe qui balaya le néant avant de s'engloutir dans l'abîme : il n'y avait plus de Joe, plus de rampe, plus rien.

Quelques secondes plus tard, il y eut, tout en bas, comme un écho du fracas qui venait de retentir. Mais ça n'en était pas un. Ce bruit-là était différent, c'était celui de quelque chose de compact et de pesant, de quelque chose avec de la chair et des os, s'écrasant quelque part. Un cri de femme fusa, creux : *Joe !* Ensuite, il y eut comme une pluie de planches : *clat-clat, clattily, bang !* Après ça la femme ne cria plus et se contenta de gémir sourdement. Puis les gémissements se turent aussi, tandis qu'un nuage de poussière et de plâtre venait chatouiller le nez de Buddy, lui piquer les yeux.

Tout était très calme maintenant et il était seul dans les ténèbres. Mais quelque chose lui disait de ne pas bouger, de rester là, collé au mur, de demeurer parfaitement immobile, sans même remuer un doigt. Peut-être étaient-ce ses cheveux, hérissés sur sa nuque, qui *sentaient* quelque chose que lui-même ne pouvait voir.

Cela ne dura pas longtemps. Il y eut brusquement un brouhaha de voix, tout en bas, comme si des gens accouraient de la rue. Des lumières clignotèrent au-dessous de Buddy, aussi lointaines que les étoiles, puis un rayon puissant jaillit comme une colonne vers le ciel et chercha, trouva l'enfant.

Tout l'escalier s'était effondré. Une seule planche ou deux, peut-être, étaient demeurées, attachées au mur, et c'était sur elles qu'il se trouvait, comme sur une étagère. Une étagère qui ne dépassait pas le bout de ses souliers et qui était tout en haut d'un mur de cinq étages.

Une voix, amplifiée par un haut-parleur, monta vers lui, s'efforçant de paraître très calme, très amicale, mais qui tremblait quand même un peu par moments :

– Ferme tes yeux, petit. On va te descendre de là. Mais ferme bien tes yeux, ne regarde pas. Pense à quelque chose d'autre. Tu sais sûrement ta table de multiplication... alors, récite-la. Deux fois deux, deux fois trois... Garde les yeux fermés. Dis-toi que tu es à l'école, que le maître est devant toi, et que tu ne dois pas bouger.

La table de multiplication, il y avait longtemps qu'il ne la récitait plus au professeur. C'était bon pour les gosses, les petits. Mais il obéit néanmoins. Il récita la table de deux, puis celle de trois. Alors, il s'arrêta.

– M'sieur, appela-t-il d'une voix frêle, mais claire. Faut que je tienne combien de temps encore ? J'ai comme des fourmis dans les jambes, ça me pique partout.

– Veux-tu qu'on aille vite avec un peu de risque, petit ? Ou bien lentement et sûrement ?

– Vite avec un peu de risque ! répondit-il sans hésiter. J'ai la tête qui tourne...

– Bon, petit, tonna la voix. On a étendu un filet en bas. Nous ne pouvons pas te le faire voir, mais tu peux nous croire.

– Il y a peut-être des planches qui restent en travers de la cage ! objecta vivement une autre voix.

– De l'autre façon, ça demanderait des heures et il doit être à bout de résistance, rétorqua la première voix qui, ensuite, s'adressa de nouveau à lui : Garde tes bras collés contre ton corps, tes pieds bien joints, ouvre tes yeux et quand je dirai *trois*, tu sauteras... Un... deux... *trois* !

Il crut qu'il n'arriverait jamais en bas et, l'instant d'après, il se sentit rebondir. C'était fini, il était sauvé.

Buddy pleura pendant une minute ou deux, sans savoir pourquoi. C'était peut-être un arriéré, des larmes qui attendaient depuis le moment où l'étreinte de Joe avait commencé à se resserrer autour de son cou. Puis il parvint à se maîtriser et dit :

– Je ne pleurais pas... C'est toute cette poussière qui me pique les yeux.

– Moi, ça me fait pareil, dit aussitôt le détective Ross, son ennemi de naguère. Et le plus drôle c'est que c'était vrai. Lui aussi

118

avait les yeux brillants, comme pleins de larmes.

Joe était étendu par terre, la tête entre deux planches, mort, et l'on emportait la femme sur une civière.

Quelqu'un vint rejoindre le petit groupe qui entourait Buddy, un homme dont le visage était livide :

– On vient de retirer deux valises de sous les marches qui restent, là derrière...

– Vaut mieux pas les ouvrir ! dit vivement Ross.

– C'est déjà fait ! gémit l'homme qui plaqua une main sur sa bouche et courut vers la rue.

Ils reconduisirent Buddy en force, dans une voiture de la police. Il était assis au milieu d'eux, comme une mascotte.

– Merci, merci de m'avoir sauvé ! leur dit-il avec reconnaissance.

– Nous ne t'avons pas sauvé, petit. C'est toi qui t'es sauvé. Nous, comme des idiots, nous serions arrivés deux minutes trop tard. On les aurait pincés, oui, mais nous ne t'aurions pas sauvé.

– Comment avez-vous su où j'étais ?

– Oh ! suivre la piste n'a pas été difficile, une fois qu'on est parti à ta recherche. Un policeman se souvenait de t'avoir vu et un chauffeur de taxi nous a montré où il t'avait laissé... Seulement, nous nous étions mis en mouvement trop tard.

– Comment avez-vous compris que je disais la vérité, alors que vous ne vouliez pas me croire ce matin ?

– Il y a eu deux petites choses, expliqua Ross. D'abord, la Kellerman avait mentionné avec précision le programme de radio que tu étais censé avoir entendu la nuit dernière. Elle nous avait indiqué l'heure, le titre, tout, pour que ça soit plus convaincant. Et ça nous avait convaincus. Au point que ça m'a donné envie d'écouter moi-même, ce soir, pour savoir si c'était vraiment aussi bien qu'elle le disait. C'est un truc à épisodes qui est diffusé chaque soir à la même heure. Et elle avait raison, c'était rudement bien ! Seulement, à la fin, le speaker a présenté des excuses aux auditeurs pour les avoir privés, la veille, de la suite de cette passionnante histoire. Mais mardi, ce sont les élections et il avait fallu céder la place à un candidat. Or, ce que tu disais avoir entendu n'avait rien à voir avec un discours électoral !

Ça, c'était une chose. Je suis allé aussitôt chez eux. Mais ils devaient déjà être en route avec toi. Je n'ai pas eu grand-peine à ouvrir la porte et j'ai fait le tour de l'appartement. Tout était en ordre, comme la veille. Seulement, quand j'ai voulu ressortir du cabinet de toilette, après avoir regardé derrière la porte, une serviette s'est décrochée de celle-ci, et qu'est-ce que j'ai vu ? Une courroie de cuir, pour affûter les rasoirs. Personne n'avait pensé à regarder sous cette serviette, pas même *eux*. C'étaient deux petites choses, comme tu vois, mais qui comptaient drôlement ! Nous voici arrivés, mon gars. Je monte avec toi.

Dans le ciel, on devinait déjà l'approche de l'aube et quand Ross frappa à la porte de l'appartement, Buddy chuchota, avec un regain d'effroi :

— Oh ! qu'est-ce que je vais prendre ! J'ai passé toute la nuit dehors !

— C'est une chose qui arrive souvent aux détectives, tu sais ? fit Ross. Et, décrochant son insigne, il en para l'enfant.

La porte s'ouvrit et, dans son encadrement, apparut le père. Sans un mot, il leva la main, mais Ross retint vivement le bras justicier :

— Hé là, doucement ! Ça peut être très grave de porter la main sur un membre du Detective Bureau, vous savez ! Même si ça n'est que le plus jeune des auxiliaires !

L'auteur

William Irish (1903-1968) a écrit une vingtaine de romans et plusieurs centaines de nouvelles. Surnommé l'« Edgar Poe du XXe siècle », il fut le plus grand écrivain de suspense, un « artiste de la peur » comme l'écrivit François Truffaut, qui porta deux de ses romans à l'écran, *La mariée était en noir* et *La Sirène du Mississipi*. Une de ses nouvelles est à l'origine d'un des meilleurs films d'Alfred Hitchcock, *Fenêtre sur cour*.

Dans la collection
Souris noire